00

一百種溫柔生活指南。

Guides for
tender life
100

推薦序　從心加溫，用溫柔為世界帶來改變

　　時代不斷向前演進，但人與人的關係卻似乎越來越疏遠，曾經是鄰里間的無私相助、好友不時的噓寒問暖，甚至是對親近的人呵護關愛也越來越少直接表達。

　　我相信這片土地是有溫度的，如果我們都能打開溫柔的心，開始試著關懷身邊的人事物，這個社會一定能重拾她原有的溫度，重新溫暖你我的世界。

　　其實，溫柔一直在我們左右。曾經只是順手遞上的一張衛生紙，或一句不經意的話語，卻能撫平當時傷心不已的他，或鼓舞正在人生交叉口徘徊的你我，讓一股暖意襲上心頭；而這也正是春風精神──「用溫柔呵護最愛」的最佳體現。

　　在這 100 個故事當中，我看見許多美好正在發生，希望透過樸實、有溫度的文字與圖像與你分享這片土地的美好，一起用溫柔呵護最愛，用溫柔行動為世界帶來正向改變。

正隆股份有限公司｜鄭舒云董事長　鄭舒云

推薦序　用溫柔的力量，呵護我們的未來！

　　溫柔的小舉動，往往能在細微的時刻讓人感受到開心與愉悅，雖只是舉手之為，卻能拉近人與人之間的關係與關心；家扶基金會長期致力於關懷需要溫柔守護的弱勢兒童，正隆一春風傳遞的「溫柔動起來，世界更可愛」正與家扶理念相同，期盼溫柔的力量能深植台灣社會，保護我們的未來。

　　家扶基金會是一個關懷弱勢兒童的國際性非營利組織，為了讓這些孩子能夠在家中妥善的成長，我們長期以來以社會工作的專業方法，致力於貧困家庭的兒童生活扶助、協助不幸受虐兒少心理復原服務，從早期接受國外資助，到現在成為自給自足的兒少福利機構。一路走來雖然十分艱辛，但正隆公司與社會的溫柔參與，給予這些孩子與弱勢家庭幫助與機會，讓良善、溫柔的行動能夠綿延不絕。

　　感謝《一百種溫柔生活指南》收錄家扶扶助的案例，並用溫柔的插畫筆觸，帶領我們開始學習、練習這些溫柔的小行動，我們也期許，此書的溫柔力量，能從每一個人的身上開始延展擴大，創造充滿溫柔的台灣。

財團法人台灣兒童暨家庭扶助基金會｜何素秋執行長

推薦序　讓每個微小的溫柔，成為長輩的安心守護！

　　微小的溫柔開始在社會蔓延，定能在社會引發巨大的漣漪。弘道老人福利基金會成立 22 年以來，如同正隆一春風傳遞「溫柔動起來，世界更可愛」之理念，我們持續號召全國助老能量，深入全台社區、機構與團體，每年帶給 1 萬 6,000 多人次的長輩各種服務與感動，讓溫柔力量帶給長輩安心守護。

　　面對高齡化的台灣，弘道期能持續推動不老夢想，深耕積極性的預防照顧，打造優質的長照社會，創造台灣永續發展的銀髮能量；同時也希望所有手持春風一百種溫柔指南的讀者們，都能不吝於參與溫柔行動，多關懷身邊的長者；每個人的溫柔的力量雖然微小，但這些凝聚起來的溫柔，定能成長輩們安心的守護，人終有一老，然你我的溫柔守護，定能讓台灣成為長者樂居的寶島。

　　最後，感謝春風《一百種溫柔生活指南》收錄弘道案例，插畫裡溫柔、可愛的氛圍，與弘道持續推廣不老夢想的概念不謀而合，期許長輩們儘管歲月增長，仍能保有一顆青春、可愛的心，也讓社會大眾更了解高齡社會可以擁有的多元樣貌，讓更多人一齊為近在眼前的高齡台灣開創無限未來。

財團法人弘道老人福利基金會 | 李若綺執行長

Fighting!
加油讚

1

001

工程師：
日夜專注，只為突破；
超越現在，開創未來。

002

作家：
成就並非要與眾不同，
但須凡事堅持到最後一秒。

003

主管：
一句「大膽去試別擔心」，
部屬加班的夜瞬間能量滿滿。

004 主管：
職場有空間，才有時間好好生活；
充飽電，工作更有衝勁！

005 | 設計師：
如同與孩子溝通，靜下心來，
好好討論，才能得到彼此滿意的結果。

006

隊友：
有你們一起拚，
面對強敵也無所畏懼！

007

主管：
並肩提升事業高度，
也要一起提高薪資厚度！

008

隊友：
推塔時刻互相照料，
有神隊友罩，就不怕被雷到！

009

閨密：
誰說職場無閨密？
革命情感讓彼此一輩子關係緊密。

010

服務生：
因為看見你們的努力，
多給些小費為大家加油、打氣！

011 | 作家：
即使過程艱辛，
也不放棄追求美好的可能。

012

運動員：
一次次突破極限，
不斷超越自我，邁向卓越！

013

攝影師：
比賽後也許淡忘，
但曾經的共同努力，永不褪色。

014

隊友：
一個人，使不上力；
一群夥伴出擊，超給力！

015

設計師：
一句話感動設計師，絕對是客戶那句
「你想的比我想的還要好！」

016

運動員：
每次出發都多些勇敢堅持，
才能在超越自我後享受高峰。

for 敬業的人
讚讚讚！

2

017

公車司機：
安全把乘客運往目的地，
就是站與站之間最大的溫柔。

018 計程車司機：
多一分同理心，
撫平每一顆因出門而不安的心。

019

主廚：
熱情不妥協的技藝，
料理出有溫度的味蕾驚喜。

020

設計師：
把品牌放在第一優先，
以設計力讓客戶的好被看見。

021

老師：
貼心生動的教學充滿趣味，
讓大家樂於也享受學習。

022

魏德聖導演：
站在那個人的鏡位，
才能看懂他的故事。

023

農家：
自己的食糧自己種，
安心樂食更開心！

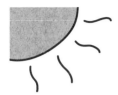

024 建築工程師：
一尺一寸毫無妥協，
築起安心舒適的幸福家園。

025

運動員：
一顆球隨著熱血來回流動，
運轉出體育希望與未來之路。

026

電腦工程師：
每個指令完美的執行，
括弧了無數工程師的執著與熱血。

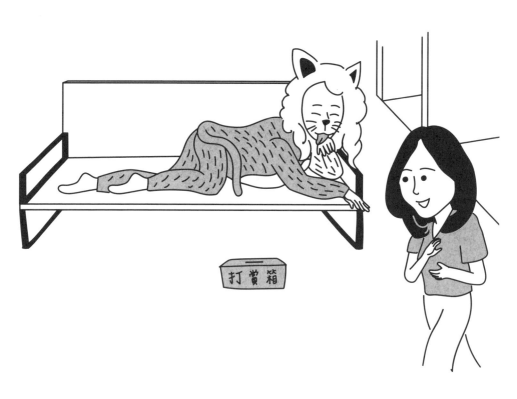

027

街頭藝術家：
一靜一動細膩演繹，
貼近觀眾，舞動美好心情。

028

文字工作者：
將感動細落入字句傳遞，
時刻補充愛與療癒的能量。

029

義交：
即使沒有正式徽章，
也想為你引導安全方向。

030

攝影師:
無須言語,畫面自然會說話,
讓人同步感動。

031 | 生態保育員：
溫柔呵護生命，
讓世界延續多樣性的美好。

032

小農：
保有一顆簡樸的心，
城市荒土也能點點綠化生意盈然。

033

街頭藝術家：
以城市為舞台，
讓生活隨處可娛樂。

034

農耕者：
選擇回歸樸實的生活，
感受大地最真實的溫度。

愛
珍惜

3

035

愛心待用餐：
每個一橫一豎的記號，
都是多一天溫飽的希望。

036

義工：
把媽媽照顧孩子的愛放大，
守護其他寶貝們一起快樂長大。

037

捷運族：
大家站在同一條捷運上，
互相照顧是應該。

038

雨中救援者：
謝謝你和我平攤這把傘的使用成本；
兩個人一起撐，讓它更物超所值了！

039

雨中救援者：
擔心學妹雨中漫步會感冒，
學長雨中送傘也送暖。

040

雨中救援者：
隨手遞上輕便雨衣，
才不會讓那學生淋成落湯雞。

041

土地守護者：
露營時把營區收得乾乾淨淨，
就是對這片土地的溫柔。

042

守望相助巡守隊：
每夜化作巡守鄰里的星星，
溫柔照亮每位夜歸人。

043 | 鄰居：
平時敦親睦鄰，進不了家門時，
更有暖心照應。

044

鄰居：
街坊鄰居相互照料分享，
街頭通巷尾，最美人情味。

045

友善店家：
一盤涼麵，解暑熱；
一把愛心傘，是貼心的愛。

046

司機：
平穩載運，貼心近停，
運將的細微關照，大大溫熱長者的心。

047

生態保育員：
旅行盡收美景，更不忘把垃圾帶出去，
讓美麗之境永遠清潔亮晶晶。

048 | 生態保育員：
隨手清垃圾，
玩盡興，美淨境，心歡樂！

049

生態保育員：
海洋涵養的是生物不是廢物，
動手去污，還她美麗生態。

050

土地守護者：
每滴水都不該浪費，
循環再用就不擔心缺水。

051

土地守護者：
植樹也別忘護樹，
尊重生命同時留住共同的人文記憶。

052

土地守護者：
回收紙張不只環保，
也是延續你我生活的美好。

053

社會關懷者：
送上阿嬤期盼已久的外套，
暖心趕走獨居的孤單感受。

054

社會關懷者：
結束 20 年以車為家的生活，
貼心為他安排一個睡得安穩的家。

055 ｜ 社會關懷者：
支持病友敲響生命熱情，
陪伴追夢，打敗病痛。

056 ｜ 乘客：
被讓座的感謝，
就以同樣用心的魔術來表示。

057

疾行者：
時間再趕，
也不差那一點幫忙撿東西的那幾秒。

給家人
愛的抱抱

4

058

料理者：
餐桌上享用的不只是料理，
更是品嘗與家人共有的暖心回憶。

059

料理者：
家是永遠的幸福食堂，
不分晝夜天天以愛辦桌。

060

孫子：
有機會買的第一份禮物，
當然是要給辛苦照顧我的阿嬤！

061

爸爸：
爸氣扛起全家生計，
默默打拚從不讓家人擔心。

062

爸爸：
有一種司機叫作爸爸，24 小時隨
時待命，總要親自接送才安心。

063

爸爸：
孩子貼心的問候，
一掃整天的辛苦勞累。

064

爸爸：
業績攻頂也不算什麼，
你的一聲「爸爸」才是最大的成就！

065

媽媽：
溫柔的雙手，讓每雙縫過的襪子，
變得更柔軟。

066

媽媽：
擔心我比擔心自己還多，
即使下雨也一定騎車載我去看病。

067

媳婦：
疼惜，
是因為從我眼中看見了當年的自己。

068 | 媳婦：
朋友般的婆婆分享關心，
安撫媳婦懷孕時的不安心情。

069

媳婦：
為我煮飯、為我洗衣，
婆婆就是另一位疼我的媽。

070

毛主人：
習慣毛孩子的日日陪伴，
一點一滴都讓家變得圓滿。

071

毛主人：
每個毛主人心中，
都住著一位無悔奉獻的小小奴隸。

072

夫妻：
我曬衣，你整理，
是無須言語的甜蜜默契。

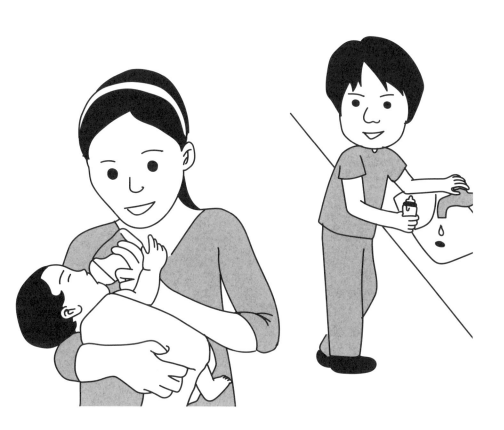

073

夫妻：
彼此分工擔起家庭，
同心協力營造緊密的溫暖關係。

074

情侶：
沒有誰應該，沒有誰一定要，
只有真心願意為對方分擔與付出。

075

媽媽：
年輕時候瘋指甲彩繪，
現在只愛和你牆上彩繪。

人蔘
人生啊

———————————

5

076

攝影師：
彼日剎那相伴光影，
溫柔餘韻永恆追憶。

077

旅行者：
用不加濾鏡的眼，
以當地的視角去認識世界。

078

街頭藝術：
放慢腳步欣賞城市妝點，
處處驚喜等著你發現。

079

單身者：
一個人旅行，
就是送給自己的最大溫柔。

080

旅行者：
異國裡沒有刻骨戀情，
反倒是當地助人的熱心，無限感激。

081

同事：
「哇，又不小心買太多了！」
幫助消化的方式就是：一起吃飯！

082

土地守護者：
是挖寶也是環保，
讓曾經的美好也能溫暖延續。

083

鄰居：
再強的寒流，只要一鍋鄰居分享的
薑母鴨，就能暖心抵禦。

084

鄰居：
不管團購或家常料理，
不忘與鄰居、好友一起分享。

085 | 單身者：
不急著脫離一個人，努力為自己加
分，未來才能遇見更好的那個人。

086

畢業生：
記得青春裡，我們無所畏懼；
未來，也要如此向前衝！

087

鄉民：
沒有華麗的虛偽，
只有最真實的中肯。

088

銀髮族：
潮流，沒有極限；
年輕的心，也不該有使用期限。

089

學童：
用心閱讀每本書，
珍惜難得的學習機會。

090

院童：
一步步朝獨立自主邁進，一天天期
望自己有朝一日，也能幫助世界。

091

銀髮族：
有年紀不等於沒活力，歷練與自信
讓每次舞動更有韻味、更帶勁。

092 | 銀髮族：
鼓勵每顆勇於學習的心，
溫柔科技拉近世代距離。

093 | 同事：
好友突然約我石門吃魚，
原來是暗示我石門水庫沒關（瞉）！

094

服務生：
雖然想喝冰咖啡，
但店員做錯的熱咖啡一樣美味！

095

閨密：
閨密就是，
陪你逛街到逛成了扁平足也沒關係。

096

服務生：
因為每道菜點都太美味了，
店員才會貼心送錯讓我嘗嘗。

097

疾行者：
趕不上完結篇也無所謂，反正前面
五分鐘都是唱歌跟前情提要。

098

同事：
不需要過多的安慰，只要說：「嘿，
妝有點花囉！」就足以給我鼓勵了！

099

老師：
學校學的不是公式，
而是無限可能的生活方式。

獨一無二的你
就是第 100 種溫柔角色
將你遇過的溫柔故事紀錄在這頁裡
成就 100 種溫柔感動

掃描 QR code 加入春風線上攝影展
與更多人分享你的溫柔，也感染其他人的感動。

100 |

一百種溫柔生活指南。

Guides for
tender life
100

一 百 種 溫 柔 生 活 指 南 。

編輯統籌 ── 春風 Andante。封面 x 裝幀設計 ── 聶永真。編排完稿 ── 申朗創意。企畫選書人 ── 賈俊國。總編輯 ── 賈俊國。副總編輯 ── 蘇士尹。編輯 ── 高懿萩。行銷企畫 ── 張莉榮／廖可筠／蕭羽猜。發行人 ── 何飛鵬。法律顧問 ── 元禾法律事務所王子文律師。出版 ── 布克文化出版事業部〔台北市中山區民生東路二段 141 號 8 樓・電話 ─(02) 25007008・傳真 ─(02) 25027676・Email ─ sbooker.service@cite.com.tw〕。發行 ── 英屬蓋曼群島商家庭傳媒股份有限公司城邦分公司〔台北市中山區民生東路二段 141 號 2 樓・書虫客服服務專線 ─(02) 25007718／25007719・24 小時傳真專線 ─(02) 25001990／25001991・劃撥帳號 ─ 19863813・戶名 ─ 書虫股份有限公司・讀者服務信箱 ─service@readingclub.com.tw〕。香港發行所 ── 城邦（香港）出版集團有限公司〔香港灣仔駱克道 193 號東超商業中心 1 樓・電話 ─ +852-25086231・傳真 ─ +852-25789337・Email ─ hkcite@biznetvigator.com〕。馬新發行所 ── 城邦（馬新）出版集團 Cité (M) Sdn. Bhd.〔41, Jalan Radin Anum, Bandar Baru Sri Petaling, 57000 Kuala Lumpur, Malaysia・電話 ─ +603- 90578822・傳真 ─ +603- 90576622・Email ─cite@cite.com.my〕。印刷 ── 卡樂彩色製版印刷有限公司。初版 ── 2018 年（民 107）01 月。售價 ── 平裝本定價 300 元、精裝本定價 2,499 元

掃描 QR code
加入春風粉絲團